Pippin and Mabel

Coquine et son trésor

POUR ASHLEY SAMANTHA LEE — K.V.J.

POUR ADRIAN, MEREDITH, JULIA, PATRICK,
ALLIE, BRANDON ET MEGAN — B.L.

Données de catalogage avant publication (Canada)

Johansen, K.V. (Krista V.), 1968–
 [Pippin and the bones. Français]
 Coquine et son trésor

Traduction de : Pippin and the bones.
ISBN 0-439-98500-5

I. Lum, Bernice. II. Gagnon, Cécile, 1938–   . III. Titre.
IV. Titre : Pippin and the bones. Français.

PS8569.O2676.P5514 2000   jC813'.54   C99-932468-3
PZ23.J63Co 2000

Conception graphique de Marie Bartholomew

Les illustrations de ce livre ont été réalisées à l'aquarelle et aux marqueurs.

Édition publiée par Les éditions Scholastic, 175, Hillmount Road, Markham (Ontario) Canada, L6C 1Z7,
avec la permission de Kids Can Press Ltd.

5 4 3 2 1   Imprimé à Hong-Kong   0 1 2 3 4 /0

Coquine et son trésor

Texte de K.V. Johansen
Illustrations de Bernice Lum
Texte français de Cécile Gagnon

Les éditions Scholastic

Coquine est une chienne blonde avec de belles grandes oreilles et une queue frisée toute noire. Elle adore ronger des os et elle adore creuser des trous. Elle enterre ses os dans les trous pour les mettre à l'abri des autres chiens.

Un jour, Mabelle creuse dans son jardin et Coquine, croyant qu'elle cherche des os, se met à creuser elle aussi.

— Merci, dit
Mabelle, mais je n'ai
pas besoin d'aide.

Elle va chercher
un gros os de bœuf
et elle le donne à
Coquine en disant :

— Voici ton goûter!

Coquine agite sa queue et s'en va derrière les
rosiers pour ronger son os. Cric! Crac! Croque!
Ensuite, elle creuse un trou et enterre son os.

— Oh! Non! s'écrie Mabelle en voyant le tas de boue. Qu'est-ce que tu as fait à mon gazon?

Mabelle creuse et retire l'os de Coquine. Elle remplit le trou et saute sur le gazon pour bien l'aplatir.

— Enlève cet os d'ici, dit Mabelle en le lançant au bout du terrain.

Coquine trouve son os et l'emmène dans le jardin pour le ronger. Cric! Crac! Croque! Ensuite, elle creuse un trou et enterre son os. Cette fois, son os est bien à l'abri!

— Oh! Non! s'écrie Mabelle en voyant la montagne de boue et de racines. Qu'est-ce que tu as fait à mes tomates?

Mabelle creuse et retire l'os de Coquine, puis elle replante ses tomates.

— Prends ton os, dit Mabelle. Et va l'enterrer loin d'ici!

Et elle lance l'os de Coquine en dehors du jardin.

Coquine attrape son os
et court vers le bois.
Au bout d'un moment, elle
s'arrête pour le ronger.
Cric! Crac! Croque! Ensuite,
elle essaie de creuser un trou.
Mais le sol est plein de cailloux.
Coquine va plus loin dans le bois et
elle essaie encore, mais le sol est couvert
de racines d'arbres.

Elle va un peu plus loin et trouve un bel endroit couvert de mousse. La place parfaite pour enterrer un os. Cette fois, son os sera même à l'abri de Mabelle.

Coquine creuse et creuse encore. Puis, elle renifle une bonne odeur. La terre vole dans les airs et Coquine creuse de plus en plus vite. Elle creuse un trou si profond qu'on ne voit même plus sa queue dépasser.

Et elle trouve...

Un énorme vieux crâne...

De grandes défenses et,

encore mieux, des os!

Des os bruns énormes!

Coquine oublie son os de bœuf et commence
à ronger les os géants. Cric! Crac! Croque!
Tous ces os, et pour elle seule!

Mabelle termine son jardinage.

Elle appelle :

— Coquine! C'est l'heure du souper!

Mais Coquine ne vient pas.

Mabelle appelle encore.

— Coquine! C'est l'heure

de manger!

Coquine ne vient toujours pas.

Mabelle commence à s'inquiéter. Où est Coquine?
Est-elle blessée?

Mabelle court vers le bois. Elle trouve
l'endroit plein de cailloux où
Coquine a essayé de creuser, mais
elle ne trouve pas Coquine.

Elle trouve l'endroit où Coquine a essayé de creuser à travers les racines d'arbres, mais elle ne voit pas Coquine.

— Coquine! Où es-tu? crie Mabelle.

Coquine entend
Mabelle, mais elle ne veut
pas quitter ses os. Elle fait :
Ouaf! Ouaf! Ouaf!

Mabelle suit les
jappements et arrive
au trou. Elle se penche
et aperçoit le crâne,
les os et les
énormes défenses.

— Oh là là, Coquine! Qu'est-ce que tu as trouvé là? On dirait un éléphant; mais, les éléphants ne vivent pas dans ce bois.

Mabelle descend dans le trou et regarde les os de plus près. Elle n'a jamais vu d'os aussi énormes.

— Je ne pense pas que tu devrais ronger ces os-là, dit-elle à Coquine. Il vaut mieux que tu rentres avec moi.

Mabelle court à la maison, Coquine à ses côtés. Elle espère que Mabelle va sortir la brouette pour ramener les os chez eux.
Mais, au lieu de cela, Mabelle téléphone au musée.

Le lendemain, des gens du musée viennent voir les os.

— Incroyable! disent-ils à Mabelle. Merveilleux! Surprenant! Votre chien a trouvé un squelette de mastodonte!

Les gens du musée déterrent les os. Coquine s'y met elle aussi, mais les gens n'ont pas besoin de son aide. Ensuite, Coquine essaie de cacher un os, mais les gens du musée le trouvent.

Ils mettent tous les os dans un gros camion
et les emportent. Maintenant, Coquine
n'a plus d'os du tout. Il ne reste
plus rien, sauf un tas de boue.
Coquine s'installe
dessus et boude.

Mabelle offre un nouveau jouet à Coquine pour la distraire. Mais ce n'est pas la même chose.

Un jour, Coquine reçoit une invitation par la poste.

— Regarde, Coquine. Nous sommes invitées à une fête de mastodonte au musée!

Le jour de la fête, une foule énorme remplit le musée. Chacun admire le squelette de mastodonte. Chaque invité veut flatter Coquine, lui donner de la crème glacée et lui dire combien elle est géniale. Mais Coquine regarde les os et soupire.

Un photographe prend une photo de Coquine à côté du mastodonte et tout le monde applaudit. Puis, le conservateur apporte une boîte garnie d'un beau ruban rouge.

— Ceci ne vient pas du mastodonte, dit le conservateur en déposant la boîte devant Coquine.

Mabelle défait le ruban.

Dans la boîte se trouve... l'os de bœuf de Coquine!

Coquine agite sa queue. Elle oublie complètement le mastodonte. Elle se couche sur le plancher du musée et elle se met à ronger son os. Cric! Crac! Croque!

– Hum! dit Mabelle. J'ai une idée. À l'avenir, au lieu de l'enterrer dans mon jardin, tu garderas ton os à l'abri dans cette boîte.

– Oh! Coquine! dit Mabelle.

– Ouaf! dit Coquine.